U0693094

我是个此地
无人等候的人

JAK KTOŚ, KTO WIE,
ŻE NIKT GO TU NIE CZEKA

WISŁAWA SZYMBORSKA

[波]

维斯瓦娃·希姆博尔斯卡

著

林洪亮 译

中国出版集团 东方出版中心

DWUKROPEK

WISŁAWA SZYMBORSKA

2005

冒号

(2005)

TUTAJ

WISŁAWA SZYMBORSKA

2009

这里

(2009)

WYSTARCZY

WISŁAWA SZYMBORSKA

2012

足够

(2012)

CZARNA
PIOSENKA

WISŁAWA SZYMBORSKA

2014

黑色歌曲

(2014)

DWUKROPEK

WISŁAWA SZYMBORSKA

2005

冒号

缺 席

就差一点点，
我母亲就嫁给了
兹比格涅夫·B 先生，
他来自兹敦斯卡·沃拉。
若是他们生个女儿——不会是我，
也许会更好地记住名字和脸孔，
任何旋律都能过耳不忘，
能正确分辨出各种鸟类。
物理和化学的成绩优秀，
波兰文却较差，
但她偷偷写诗，
比我的诗更迷人。

就差一点点，
我的父亲就在同一时间
可能娶了雅德维佳·R 小姐，
她出自扎科帕内。

若是他们生个女儿——也不会是我，
也许比我更顽固不化坚持己见，
会无所畏惧地跳入深水中。
容易受集体激情所驱使，
总能同时在多个地方看到她。
她很少看书，却常在操场中，
和小伙子们一起踢球。

她们两人甚至可能会
相遇在同一学校同一班级。
但她们不是一对，
也不是志趣相同。
集体照相时也相隔得很远。
姑娘们，站过来，
——摄影师会这样喊道——
矮的在前，高的在后。
我发出信号大家就笑。

你们再清查一下人数，

是不是全都来了？

是的，先生，全都到了。

ABC

我再也猜想不到

A 先生是怎么想我的，

B 终究都没有原谅我，

为什么 C 认为一切都正常，

D 怎么参加的，E 沉默不语，

F 在期待什么，如果是在期待。

G 知道得很清楚，为什么要假装。

H 要隐瞒什么，

I 想添加什么。

我在旁边，这个事实

对于 J、K 和其他字母

是否有某种意义。

交通事故

人们还不知道
半小时前
公路上发生的事情。

他们的手表上
恰好是这样的时间，
下午、星期四、九月。

有人在吃面条，
有人在扫树叶。
儿童尖叫着绕桌而跑，
一只猫让人舒服地抚摸。
有人在哭叫——
像通常在电视机前看到
坏狄亚哥背叛尤安利塔时一样。
有人在敲门——
不要紧，是邻居来还煎锅。
住房深处电话铃在响，

那不过是在推销广告。

若是有人站在窗前
眺望着天空，
他也许会看见
从事故现场飘来的云彩。
虽已散开零乱，
但依然在正常秩序中。

明天
——我们不在了

早晨估计会凉爽多雾，
从西方
刮来一股雨云。
能见度低，
公路湿滑。

整整一天，渐渐地
受北方高压气流的影响，
本地阳光有可能露脸。
但在强风和阵风的作用下
可能会出现暴雨。

夜间
全国各地天气转晴。
只有东南部
不排除小雨，
气温急速下降，
气压上升。

第二天，
预告阳光普照，
但凡活着的人，
依然要带上雨伞。

森林
道德经

走进森林，
确切地说是迷失在其中，
穿过它或从空中才能了解它
游荡飞走和重新飞回。

在枝丫纠结中他感到自由，
在树枝的阴影中，
在绿色天穹的荫蔽下，
在渗入耳朵的寂静中，
在移动中扩散。

这里的一切都很合韵，
就像给孩子们的谜语，
在丛林和树木之间，
有如第三位邻居。

能看到和分辨出种类和收成，
秘密地连结，

复杂的开始，混乱的线索，
在角落处的例外。

知道这里常常很稠密，
有的很坚挺、独立，
而那边是高耸入云，
在缝隙处露出缝隙。

在谷地里的蚂蚁、针叶树、宽叶树，
谁的跳跃、跳高、跳到旁边，
这里有枫树、梣树、白桦、杨柳。
这里只有死神才能用
大众的散文来说话。

我知道，在这里奔跑或漫步
都必须沿着小路的边缘
或隐或现和消失，
那使它是杰作，

超自然的和非自然的。

我知道何处有成排的哥特式，
何处有成线的巴洛克，
这里有黄雀，那边有鹡鸰
燕雀和燕雀站在一起，
在这之前曾站在橡树枝上，
这里的橡树连成一片。

等他以后返回时，
他对林中空地就熟悉了，
但和他看到的早晨有所不同。

这时候，人们对他很不满，
因为人人都感到内疚，
谁都和别人有所不同。

事 件

天空、大地、清晨，
八点十五分。
在草场的枯黄草丛上
一片祥和宁静。
远处的一棵黑檀树
总是绿叶葱葱
盘根错节。

在沼泽的寂静中一片喧闹，
两个想活的动物分散奔跑，
一只羚羊奋力逃走，
一头气喘吁吁的饿母狮紧追其后，
眼下双方的机会均等。
逃跑的羚羊甚至稍占优势，
如果不是这树根
伸出了地面，
如果不是四蹄中
有一蹄被绊住。

如果不是节奏

乱了四分之一秒，

母狮才能一大跳

逮住了机会——

若问这是谁之过，

没什么，只好沉默。

天空无罪，circulus coelestis。

大地奶妈无罪，terra nutrix。

时间无罪，tempus fugitivum。

羚羊无罪，gazella dorcas。

母狮无罪，leo massaicus。

黑檀树无罪，diospyros mespiliformis。

在这种情况下，

用双筒望远镜观看此景的是

Homo sapiens innocens。

观察者无罪。

欣 慰

达尔文
似乎为了休息才读小说。
但他的要求是：
结局不能是悲伤。
若是他看的是这种小说，
他会满腔怒火地将它投入火中。

是真，是假——
我都愿意相信。

头脑考察了众多的地区和时代，
环顾了多少灭绝的物种。
它们都是弱肉强食的结果，
经受了多少坚持的考验，
或迟或早尽皆徒劳无益，
但至少从想象
和它的小范围来说，

他有权期待着好的结果。
需要的是：云层外的火光，
恋人重又在一起，家族和谐，
疑心散去，忠诚受到奖励，
财产重获，宝藏得到回归，
邻居们都为自己的固执而伤心，
老小姐们嫁给了那些富有的牧师，
阴谋家们被遣送到了另半球，
证件的造假者被扔下了台阶，
少女的勾引者跑向了祭坛，
孤儿们受到关怀，寡妇们得到拥抱，
骄傲有所降低，伤口得到包扎。
挥霍无度的儿子们被请入席，
一杯杯苦酒被倒入海里，
泪水湿透的手帕已把
大众的歌唱和音乐演奏抚平。
而费多小狗

在第一章里便已走失，
就让它在家里奔跳，
高高兴兴地吠叫。

老教授

我问过他的那个时代，
那时我们还是年轻人，
天真，热情，笨拙，不谙世事。

除了青春，其余都有所留
——他答道。

我又问他，他是否知道，
对人类什么是好、什么是坏。

可能性中最致命的幻觉
——他答道。

我问他对于未来
是否一直看得清楚。

我读了太多的历史书
——他答道。

我问他在相框里
在办公桌上的相片中。
是的，都过去了，
兄弟，表兄，嫂子，
妻子，坐在妻子膝盖上的小女，
小女手上抱着的小猫，
樱桃树上开花的樱桃，
不属于同一类的飞鸟
——他答道。

我问他是否幸福。

我工作
——他答道。

我问他现在是不是还有朋友。

有几个是我从前的助手，

他们也有了自己的助手，
卢德米娃女士是管家，
还有位很近的亲人，但在国外，
两个爱笑的来自图书馆的女士，
来自对门的小格热希和
马勒克·奥勒留斯
——他答道。

我问他健康和自我感受。

他们严禁我喝咖啡、白酒，抽烟，
背负着沉重的回忆和想法。
我不得不装出不听他们的
——他答道。

我问果园和果园里的椅子。

每当晴朗夜晚，我观察天，

我不能不惊叹那里

有如此多的观察点

——他答道。

前 景

他们像陌生人似的过去了，
没有手势也没有说话，
她去了途中的商店，
他回到了小汽车里。

也许是惊慌，
或者是漫不经心，
要么是忘记了，
只需要短时间，
他们就能相爱到永远。

而且不用保证，
这就是他们，
也许远看是如此，
近看就完全不同。

我从窗口看见了他们，
但凡从上往下看的人

往往容易搞错。

她消失在玻璃门后，
他坐在女司机背后
迅速离去，
也就是说什么事也没有，
即使会有什么事。

我只有一瞬间
才会相信我所看见的。
现在我想在这首小诗中
告诉你们，亲爱的读者们，
这是件悲哀的事情。

盲人们的
彬彬有礼

诗人给盲人们朗诵诗歌，
没有料到会这么困难：
他的声音发颤，
双手也抖个不停。

他感到每句诗
现在都经受着黑暗的考验，
在无光和无色彩之中
不得不自己想方设法。

在他的诗里
遭遇危险经历的有星星，
霞光，彩虹，云彩，霓虹，月亮，
至今还在水下银光闪闪的小鱼，
和在高空中静静飞翔的雄鹰。

他读着——如果不读就太迟了——
关于一个在翠绿草原上穿黄褂的少年，

在数着平原上的红屋顶。
赌徒衬衣上流动的号码，
半掩门内赤裸的陌生女人。

他想使圣坛前面的所有圣徒
沉默下来——虽然这不可能——
车厢窗外的告别手势，
这万花筒的镜片和戒指上的光亮，
这银幕、镜子和脸孔的相册。

盲人们的彬彬有礼，
豁达大度、宽仁厚德。
他们倾听、欢笑、热情鼓掌。

有个盲人还走近前来，
拿着一本反向打开的书
请求签个他看不见的名。

一只搅乱历史的狗
的独白

许多许多的狗。我是只挑选出来的狗。
我有优秀证书，血管里流的是狼血，
我住在高原，呼吸到美景的芬芳，
草场上晒太阳，雨后进枞树林，
下雪后有我的土窝。

我有精美的住房和服务的人员，
我受到很好的喂养、洗浴和修饰，
我会被带去美妙地散步，
不过我受到尊敬但缺乏信任，
大家都清楚我是只什么狗。

尽管是只杂种看家狗却有自己的主人。
但应注意的是——不能进行对比。
我的主人是很独特的一个，
他有一群名犬和他寸步不离，
都以胆怯好奇的目光望向他。

它们则以微笑

和隐秘的嫉妒来对我。

因为只有我有权

用飞跳的姿态来欢迎他，

分别时能用牙齿拉着裤腿。

唯有我能随意地把脑袋

偎靠在他的膝盖上，

享受到抚摸和摆弄耳朵。

只有我才能在他身边假装睡着，

这时候他会俯身来和我悄悄说话。

对于别的犬狗他常常会大发怒火，

不断地抱怨它们，殴打它们，

迫得它们在房间里乱蹿乱跑。

于是我想，他只喜欢我一个，

再也没有喜欢别的犬了。

我的职责是：等待，信任，
因为他出现短暂而消失长久，
我不知道他为何要在平原上久留。
但我猜想，一定是有紧迫的事情，
紧迫得至少不亚于
我同猫、同不该移动的
一切进行斗争。

命运啊命运，我的命运不久就改变了。
某个春天到来时
他没有在我身边。
家里出现了奇怪的事情。
柜子，箱子，钱柜都搬进了汽车，
车轮的响声直向下面奔去，
消失在转弯处。

公路上子弹和碎片闪闪发光。

黄色衣服，黑色标记的碎布，
还有许许多多撕烂的纸盒，
以及从中散落的旗帜。

在这混乱中延挨时日，
比可恶还难忍受。
我感受到不友好的目光，
好像我是只无主的狗，
令人讨厌的陌生者，
用扫帚把我赶下了台阶。

有人扯动了我那镶银的项圈，
有人踢开了我那多日空着的盘子。
随后还有个人在上路之前，
从驾驶室伸了出来，
朝我射击了两次。

他甚至不知朝哪里放枪，
我痛苦挣扎了很久才死去，
在一群乱飞的苍蝇嗡嗡声中。
而我，是我主人的一只狗。

和阿特洛波斯[1]的
访谈

是阿特洛波斯女士吗？

是的，就是我。

在三个命运女神中，
你在人世间的名声最差。

实在太夸大了，我亲爱的女诗人，
克罗托纺成生命之线，
但这线太纤细了，
很容易扯断。
拉切希斯用标杆决定它的长度，
她们绝不会是无辜者。

---

1 阿特洛波斯是命运三女神之一，她在人类临终时用剪刀剪断寿命的纱线，
促其死亡，故而名声最坏。

但剪刀是在你手里呀。

是的，我就物尽其用。

即使现在我们交谈时，我看出……

我是个工作狂，生性如此。

难道你不会感到疲倦、厌烦，
昏昏欲睡，至少在晚上？
不会，真的不会？
没有休假、周末、节假日，
连抽烟的空闲都没有？

那就会落下任务，我不喜欢这样。

无法理解的狂热。
从未得过什么表扬，

奖赏、奖牌、奖杯、勋章？
就连带框的证书都没有？

像理发店挂的那种？那我只好谢谢了。

有人帮助你吗？如果有，是谁？

说来不会相信，正是你们这些凡人，
形形色色的独裁者，
不计其数的狂热分子，
用不着我去催促，
他们都会急去工作。

战争一定会让你高兴，
因为它帮了你的大忙。

高兴？我不知道这种感觉，
不是我召唤他们来的，

也不是我在指引他们的方向。
但我承认，多亏了他们
我才能应付自如。

你把线剪得这样短，不觉得可惜吗？

剪得短一些，或者剪得更短，
只有你们才会觉得出它的差别。

如果有更强的人想把你挤走，
要让你退休呢？

我没有听懂，请你说得明白些。

那我换个说法，你有顶头上司吗？

……请你换个问题吧。

我没有别的问题可问了。

那么，我就告辞了，
但是，更精确地说……

我知道，知道。再见。

诗人可怕的梦

你想象一下我梦见了什么，
表面上和我们这里完全一样。
脚下是泥土、水、火、空气，
垂直、水平、三角、圆圈，
左边和右边，
凑合的天气，不错的风景，
还有许多值得言说的事物，
但他们说的是和地球不同的语言。

句子中无条件式占据主位
事物的名称紧密相连，
毫无增减、改变和安插。

时间永远和钟表上的一致，
过去和未来只有狭小的范围。
回忆只有过去的一秒钟，
预见是第二秒钟，
现在正好才开始。

需要很多词句。
一句永远不会太多，
这意味着：没有诗歌，
没有哲学，没有宗教。
这类恶作剧是不许发生的。

没有什么是仅供想象的
或者闭着眼睛去看的东西。

如果要寻找，也是身边明显的东西，
如果要提问，那也是能够回答的。

他们会十分惊讶，
如果他们能对某处存在
的惊异理由而产生惊奇。

"不安"的口号，他们认为有失体统，
缺乏在辞典中去寻找它的勇气。

世界一片光明，
即使在深沉的黑暗中。
能让人人分享恰当的价格。
在离开付款处之前谁也不要找零。

情感——满意。没有任何的括号，
生命加脚上的一点。银河的噪声。

必须承认，诗人
不会发生任何坏事。
以后也不会有比快速
醒来更好的事情。

迷 宫

从这墙到那墙，
现在只几步远，
沿着这些阶梯而上，
或者那些阶梯而下。
随后稍稍往左，
如果不是向右，
从墙里面的墙，
直到第七座门框，
从任何地方到任何地方，
直到十字交叉路口，
各条道路在此交汇，
为了再次分开：
你的希望、错误、失败，
试验、计划和新的希望。

路是一条接一条，
却没有回头路，
唯一能走通的

只有你前面的路。
在那儿，像是给你安慰，
一个弯接着一个弯，
一个惊奇连着一个惊奇，
景观后面还是景观。
你可以选择
是在这里还是不在这里，
是跳过还是绕过，
但不能视而不见。

是这边还是这边，
要么就是那边，
凭感觉、凭直觉，
凭理智、凭运气，
或许正好碰上一条
纵横交错的捷径。
穿过一排又一排的
走廊、房门，

速度要快，要赶时间，
因为你的时间不多，
从一处到一处
还有许多开放的地方，
那儿有黑暗和疑惑，
但也有晨曦和惊喜，
那儿有欢乐，虽然悲苦
相隔只有一步之遥，
是在别处，任何地方，
此地或者别的地方，
不幸之中的幸福，
就像括弧中的括弧，
认清这一切之后，
立即便出现了悬岩，
悬岩，但有座小桥，
小桥，却摇来晃去，
摇晃，但只有这一座，
再也没有第二座桥了。

某处定会有另一个出口，
对此我深信不疑，
你不用去找它，
它定会来找你。
因为从一开始
它就紧紧跟着你，
而这座迷宫
不为别的，只是为你，
只为你所有，只要你行，
就是你的，只要还是你的，
逃走，逃走——

疏 忽

我昨天在宇宙上的举止失当，
什么也不问便度过了一整天，
对什么也不惊讶。

我完成了日常工作，
只把这当作该做的一切。

吸气，吸气，一步一步地，义务，
但是没有去想以后的事情，
从家里出来又回到家里。

世界可以像疯狂世界那样来攫取，
但我只是以普通的益处来接受它。

任何的——怎么样——为什么——
为什么去这样接受它——
为何它有如此多的动作细节。

我就像颗钉子平稳地钉在墙上，
或者我缺少相应的对比。

一个接一个地在改变，
甚至在转瞬间的有限场所。

在年轻的桌旁，白天的年轻的手
会用别种切法去切昨天的面包。

从未有过的云，从未有过的雨，
因为下的是不一样的雨滴。

地球围着自己的轴心旋转，
但它永远脱离了自己的空间。

坚持了整整 24 小时，
1 440 分机遇，
86 400 秒相识。

宇宙的良好风度，

虽对我们的主题沉默，

但对我们却有所要求：

一些意见，巴斯噶的几句话[1]，

还有惊人的参与

这一游戏的陌生规则。

1　巴斯噶（1623—1662），法国数学家、物理学家、哲学家。

希腊雕像

凭借人类和其他元素的帮助，
时间在这件事上工作得不错，
先是取走鼻子，后是生殖器，
接着是一根一根的手指和脚趾。
若干年后是手臂，一个接一个，
左大腿，右大腿，
肩膀，髋部，脑袋和屁股，
所有割下来的被切成碎片
成了废墟、瓦碟、沙子。

当一个活人用这种方法死去，
每一次动作都会涌出大量鲜血。

大理石雕像死了依然很白，
但不是自始至终都白。

在谈及的这件事中只有躯干还在，
好像是在努力维持一口气，

因为现在它要
为自己找回
失去部位的
优雅和庄重。

他这点成功了，
他还会成功的，
成功了，光芒四射，
光芒四射而且会持续下去。

时间在这里值得称赞，
因为它已停止工作，
留下一些容后再干。

正好是
每首诗

正好是每首诗，
都可称其为"瞬间"。

一个词组就够了，
以现在式，
过去式，甚至未来式。

足够的是，词句所
承载的任何事物
都会沙沙作响，发光，
飞翔，流动，
是否保持
表面固定不变，
却有移动不定的影子。

这就够了，谈论到
某人旁边的某人，
或某物旁边的某人。

谈到了养猫的
或已不养猫的阿丽。

或者别的阿拉赫
猫或不是猫，
来自被风吹开的
其他识字课本。

这就够了，如果在视线之内，
某作者摆上了临时的山丘
和暂时的山谷。

如果他乘机
谈及一座只是外表
永恒而又坚实的天堂。

如果在书写这只手的下面
能出现唯一能称之为

某种东西的东西。

如果白纸黑字，
或者至少在推测中，
出于严肃或无足轻重的理由，
放上问号，
且在回答时——
如果是冒号。

TUTAJ

WISŁAWA SZYMBORSKA

2009

这里

这 里

我不知道别的地方，
但在这里的地球拥有无数的一切。
这里能制造椅子和悲伤，
剪刀、小提琴、情感、晶体管，
水坝、玩笑和玻璃杯。

也许其他地方物产更加充裕，
但由于某些原因那里缺少画作，
阴极射线管、饺子和擦眼泪的手巾。

这里有无数的拥有四周的地方，
你对其中的一些会特别喜欢，
按照自己所爱给它取名，
以保护其免遭邪恶之害。

或许别处也有类似的地方，
但没有人会认为它们美丽。

没有其他任何地方，或者很少有地方，
你会像在这里那样拥有自己的躯体，
以及所必需的设备，
把自己的孩子加入别人的孩子中，
此外还有手、脚和善于思考的脑子。

无知在这里已劳累过度，
不断地计算、对比、测量，
从中得出结论、找出初因。

我知道，我知道你在想什么，
这里任何事物都不能持久。
这里自古以来都受自然力的掌控，
但你要注意——自然力容易疲劳，
有时需要长时间休息，
才能重新投入工作。

我知道你还在想什么，

战争、战争、战争，
但在它们之间还是会有中止之时。
立正——人很坏，
稍息——人善良。
立正时产生荒芜，
稍息时满头大汗造房子，
但能很快入住。

地球上的生活费用不高，
比如做梦你就不用花一分钱，
幻想也只在破灭时才需付出，
躯体的占用费需用身体支付。

如果这个还嫌太少
那你可免费乘坐行星旋转木马旋转，
还可和它一起搭乘暴风雪的便车，
经过令人头晕目眩的时刻，
地球上任何东西都来不及颤抖。

请你仔细看看：
桌子还立在原地上，
纸页依然和原先摆放的一样，
唯有空气是从半开的窗户吹进，
墙壁上没有任何可怕的裂缝，
会让风把你吹向任何地方。

在热闹的街上
我所想到的

脸孔。
世界上几十亿张脸孔，
每一张都和过去与未来的
脸孔大不相同。
但是大自然——有谁真知道它——
也许它厌倦了无休无止的工作，
便重复采用从前的想法，
把过去用过的脸
安放到我们脸上。

也许是穿牛仔裤的阿基米德与你擦身而过，
叶卡捷琳娜女皇身穿大拍卖的旧衣衫，
一位法老手提公文包，戴着眼镜。

赤脚鞋匠的寡妇
来自小镇华沙，
来自阿尔塔米拉洞窟的大师，
带着孙子们去游动物园。

头发蓬乱的汪达尔
正要去博物馆欣赏一下艺术。

有些人牺牲在两百个世纪前，
五世纪前，
半个世纪前。

有人乘坐镀金马车而来，
有人坐的是大屠杀的车厢。

蒙特祖马、孔子、尼布甲尼撒[1]，
他们的护理，洗衣妇和塞米勒米斯，
只用英文交谈。

地面上有几十亿张脸孔，

1　蒙特祖马（约 1475—1520），古墨西哥阿兹特克帝国的最后一位国王。
尼布甲尼撒（约公元前 634—公元前 562），古巴比伦的一位国王。

你的脸孔，我的、别人的——
你永远不会知道。
也许大自然需要欺骗，
为的是赶上，为的是充分供应，
开始打捞沉没在
遗忘镜子里的东西。

主 意

有一个主意找到我，

要我写几句小诗？写首诗？

好呀——我说——留下来我们谈谈。

你得多给我说说你的事情。

为此他在我耳边低咕了几句。

啊，是这么回事——我说——这很有趣。

这些事情搁在我心上已经很久了，

但要把它写成诗？不行，肯定不行。

为此他在我耳边低咕了几句。

这只是你的想法——我答道——

你高估了我的能力和才华，

我甚至不知道从何下手。

为此他在我耳边低咕了几句。

你错了——我说——精炼的短诗

要比长诗难写许多。

别折磨我了，别劝我了，这事不成。

为此他在我耳边低咕了几句。

好吧，我试试，既然你这样坚持。

但我事先要告诉你，会有什么结果。

我会写，我撕掉，我丢进垃圾桶。

为此他在我耳边低咕了几句。

你说对了——我说——的确还有其他诗人，

他们的诗比我写的好。

我会把姓名和地址告诉你。

为此他在我耳边低咕了几句。

是的，当然，我会嫉妒他们。

我们甚至连劣诗都会嫉妒。

但这一首应该……也许会不错……

为此他在我耳边低咕了几句。

当然，少不了你所列出的这些特点。

我们最好还是换个话题吧。

来杯咖啡怎么样？

他只是叹气，

开始消失，

消失得无影无踪。

十几岁的
少女

我——十几岁的少女？
如果她突然、此时、此地站在我面前，
我是否要把她当作亲人来欢迎，
即使她对我说来既陌生又疏远？

掉落眼泪，亲吻额头，
难道仅仅是因为
我们是同一天的生日？

我们之间有太多的不同，
也许相同的只有我们的骨头，
头盖骨，眼窝。

因为她的眼睛似乎更大些，
睫毛更长，个子更高，
而紧裹着全身的肌肤
白嫩光洁，毫无瑕疵。

共同的亲友把我们联系在一起，
但在她的世界里几乎全都健在，
而在我的世界里却是硕果仅存，
都是出自同一生活圈中。

我们是如此大的不同，
谈论和思考的问题完全不一样。
她所知不多
却能坚守美好的事业，
我知识丰富，
却常常优柔寡断。

她给我看她写的诗，
字体工整，笔画清晰，
这样的字体我多年不写了。

我读着这些诗，读着。

也许这一首还不错，
如果改短一些，
再修改几处地方。
其他的诗则乏善可陈。

我们谈不到一块儿。
在她低级的手表上
时间还在摇摆而价廉，
我的手表却昂贵而准时得多。

告别时什么也没有，应付的微笑，
没有任何激动。

直到她消失不见，
匆忙中忘拿了她的围巾。

这是纯羊毛的围巾，

彩色的条纹，
是我妈妈专为她
用钩针编织的。

这围巾至今还留在我这儿。

与记忆共享的
艰苦生活

我是自己记忆的差劲的听众，
她要我不停地去听她的声音，
而我却应付搪塞，咳嗽不止，
爱听不听，
出出去去，来回不停。

她要我全神贯注、不遗余力，
我睡觉时倒容易做到。
白天情况不一，这令她伤心。

她急切地把旧信件、老照片塞给我看，
翻弄出那些重要的和不重要的事件。
要我把目光转向被忽略的景象，
让我那些已逝的人们占据其中。

在她的故事里，我总是显得年轻，
这很好，但为什么老是旧事重提。
每面镜子都带给我不同的情景。

每当我耸肩时她就生气。
随即便报复性地提起我所有的过错，
严重的，后来被轻易遗忘的过错。
她直视我的眼睛，等待我的反应，
最后她安慰我，情况不是最糟。

她要我只为她活着，只和她生活。
最好是在漆黑的关闭的房间里，
而我老是在规划着现在的阳光，
流动的云彩，脚下的道路。

有时候，我已厌倦她的陪伴了，
我提出分手，从今天到永远。
这时候，她怜悯地对我微笑，
因为她知道那会是我的末日。

小宇宙

当他们开始用显微镜观看时，
一股胆战心惊袭来，至今还在，
生命以种种尺度和形状来展现
其至今犹存的十足的疯狂状态。
因此它创造出了微小的生物，
各类品种的甲虫和苍蝇，
至少人类还能用肉眼
看得见它们。

然而突然在这里，在一块玻璃片下面
有的被夸大，
有的被缩小，
在它们所占据的空间里
只能怜恤地称之为地方。

玻璃片根本就没有触及它们，
毫无阻碍地变成二倍和三倍。
空间宽敞，可任意乱动。

说它们很多——这还是说少了，
显微镜的度数越高，
其灵敏度越强，精确性倍增。

它们甚至没有完整的内脏，
它们不知性别、童年、老年为何物，
甚至可能不知道它们自己
是存在还是不存在，
但是它们决定着我们的生与死。

有些瞬间停住了，凝冻不动，
虽然不知道它们的瞬间是什么。
既然它们如此细小，
也许它们的持久
会相应得到更精细的分割。

随风飘来的一粒尘埃，
是来自外层空间的一颗星球。

一个指纹犹如一座广大的迷宫，
那里可以集合成
一支无声的游行队伍
以及看不见的《伊利亚特》和《奥义书》。

我早就想写它们了，
但题材难写，
便一直拖延，
也许留给比我更优秀的、
对世界更好奇的诗人去写。
但时间匆匆。
我只好写了。

有孔虫 [1]

好吧，那就拿有孔虫来作例子，

它们曾在这里活过，因为有过，

便曾有过，它们曾活过。

它们能有所为，因为有能力而为之，

因为是复数，故采用复数性，

虽然各自独立

有自己的特质，因为各有其

钙质外壳。

它们分成层次，

后来时间分层来概述它们。

不论及细节，

因为怜悯藏在细节里。

而今摆在我面前的

是二合一的景象：

由永久安息构成的

---

1 有孔虫（otwornice-foraminifera），一种海洋原生动物，其外壳有大孔或
细孔，以便伸出脚来，故称有孔虫。

伤心墓地，
或者是
自海里出现的
迷人的蓝色海洋，白色岩石。
这里的岩石，
因为它们就在此地。

旅行前

他们称呼它为：空间。
用一个词去论证它很容易，
用很多词反而会困难更多。

既空无一物又包含一切？
即使敞开也是密不透风，
既然什么东西
都不能从中逃出。
无限度地膨胀？
如果有限度，
其界线又在何处？

好吧，好吧，现在该去睡觉了。
夜深了，明天你还有许多紧急的事情，
这一次是专为你量身定做的，
涉及你身边的事物，
把眼光投向意想中的远处，
听听耳朵能听到的声音。

这是趟从 A 点到 B 点的旅行，
当地时间 12 点 40 分出发，
飞越当地的一团团云彩，
在空中形成一条细带，
它无边无际。

离 婚

对孩子来说，这是人生第一个世界末日。

对猫来说，是新的男主人，

对狗来说，是新的女主人。

对家具来说，是楼梯、响声、大车和运输。

对墙壁来说，是画取下之后留下的方形。

对楼下邻居来说，是中断无聊的话题。

对小汽车来说，最好是拥有两部。

对小说、诗歌来说，同意，你要的都拿走。

糟糕的是百科全书和音响器材，

以及那本《正确拼写指南》，

可能对两个名字的使用有所指导。

或许还要用连接词"和"来连接它们，

要么就用句点来分开。

恐怖分子

他们一直想了好多天

要如何杀人，杀什么人，

杀多少人才算杀够数了。

此外，他们胃口大开，吃得津津有味。

祈祷，洗脚，喂鸟，

边打电话边搔胳肢窝，

为受伤的手指包扎止血。

如果她们是女人还得买卫生巾，

睫毛膏，插在花瓶里的鲜花。

大家心情好时便开开玩笑，

喝从冰箱里拿出来的柠檬汁，

晚上看看月亮和星星。

戴上耳机去听听轻音乐，

然后美滋滋地睡到大天亮。

也许他们所想的事情会在晚上进行。

例 子

狂风
昨夜吹落了树上的全部叶子，
只留住了
一片孤叶，
以便在光秃的枝丫上摇曳跳舞。

以此为例证
向外宣示暴力，
说得不错——
它有时也喜欢开开玩笑。

确　认

好啊，你来了——她说。

星期四飞机失事你听说了吗？

他们正是为这件事

来接我的。

据说他是在乘客名单上，

这说明不了问题，也许他改了主意。

他们给了我药片，怕我晕倒。

还给我看了一个我不认识的人，

他全身烧成焦黑，除了一只手，

一块衬衫碎片，一只手表，一只戒指。

我特生气，这决不会是他，

他也不会以这种模样来见我。

这样的衬衫商店里比比皆是，

这种手表也再普通不过了，

他戒指上的我们的名字，

那也是非常通行的名字。

你来了就好，请坐在我身边。

他确实要在星期四回来，

可是今年的星期四还有好多个。
我就去把泡茶水壶烧起来。
我要洗洗头，然后干什么呢？
我要努力摆脱这一切。

你来了就好，因为那里很冷，
他只躺在一个塑料睡袋里，
他，指的就是这个倒霉鬼。
我马上摆上茶壶，洗好茶叶，
因为我们的名字最普通不过了。

不 读

书店卖普鲁斯特的书，
是不附赠遥控器的，
你无法将电视频道
转到足球比赛，
或者益智争胜节目，
以赢得一辆沃尔沃。

我们活得更长，
但精准度较小，
句子也要更短。

我们的旅行更快，更多，更远，
虽然带回来的不是回忆而是幻灯片。
这里是我和某个男人的，
那张好像是我的前夫。
这里大家都一丝不挂，
所以肯定是在某个海滩上。

七大卷——可怜可怜吧，

难道不能做做提要，缩短一下，

或者最好是用图画来表现。

过去出版过一套《玩偶》的系列小说，

但我嫂嫂说是另一个开头是 P 的人写的。

另外，私下问问，那是个什么人？

据说他多年来都是卧床写作的，

一页接一页的

速度受到限制，

而我们却以五档速度在跑，

敲敲胸部——还很健康。

凭记忆画的
肖像

外表的一切都还符合。
头型、五官、身高、轮廓。
可是却一点也不相像，
也许不是那样的姿势？
色调也不一样？
也许要侧身一些好，
好像他在观看什么？
假如他手里拿着一件东西？
自己的书？别人的书？
地图？放大镜？线轮？
还是他该穿别的衣服？
九月[1]的军装？集中营的囚服？
或是那个衣橱里的风衣？
或者，好像是在到对岸的途中——
脚踝、膝盖、腰间、脖子，
都已被淹没？赤身裸体？

---

1 这里指 1939 年 9 月德国侵略波兰时波兰军人穿的军装。

如果在这里给他画上个背景呢？

比如尚未收割的草地？

灯心草？白桦树？美丽的多云天空？

也许他身边还缺少某个人？

和谁在争吵？是在开玩笑？

还是在打牌？喝酒？

是家里的人？朋友？

几个女人？一个？

也许他站在窗前？

他正要走出大门？

脚边有只流浪狗？

是在拥挤的人群中？

不，不，全都不是。

他应该是独自一人，

有些人就是如此。

也许并不那么亲密、那么近？

是远一些，再远一些？

在画面的最深远的地方？

从这里，即使大声喊叫，

声音也传不到那里？

前景又该画些什么呢？

啊，画什么都行，

只有一个条件：

要画一只正在飞过的鸟。

梦

不管地质学家的知识和学问，
他嘲笑他们的磁铁、图表和地图——
梦在短瞬间
把群山堆放在我们面前，
公然像磐石一样坚固。

既然有山，就会有山谷，
和基础设施完善的平原。
没有工程师，技师，工人，
挖土机，推土机，建材供应，
巨型的公路枢纽，速建的桥梁，
立即涌现出人口稠密的城市。

没有手持扩音器的导演和摄影师，
观众知道得很清楚，何时会吓唬我们，
那个时刻该消失。

不用技术熟练的建筑师，

不用木匠，泥瓦工，水泥工，
小路上便会出现像玩具一样的小房子，
屋内有大厅，厅内回荡着我们的脚步声，
还有用坚固空气砌成的墙。

不仅气派十足而且装饰优雅——
独特的钟表，完整的苍蝇，
餐桌上铺着绣有花朵的桌布，
一只被咬过留有齿印的苹果。

可是我们——不是马戏团的杂技演员，
魔术师，巫术师和催眠师——
我们没有羽翅就能飞翔，
我们的眼睛就能照亮黑暗的隧道。
我们以不懂的语言和人侃侃而谈，
不仅是和任何人，而且还和死人。

补充一句——尽管享有自由，

心灵的选择和自己的爱好，

我们陷入

爱的贪欲之中，

直到闹钟响起。

解梦书的作者们，对这一切作何解释呢？

还有研究梦的象征和卜卦的学者们，

以及配有躺椅的心理分析的医生们，

如果他们能有某种共识

那也纯属偶然，

仅仅由于一个原因，

在我们做梦之时，

在它们的黑暗和闪光之时，

在它们大量涌现、不可预见之时，

在它们不受约束和四面扩散之时，

有时甚至一个很清晰的梦

都有可能碰上。

在驿车上

想象力驱使我进行这次旅行，
放在驿车顶上的箱子和包袱都淋湿了。
车内拥挤不堪，吵吵闹闹，令人窒息。
有一个身广体胖满身是汗的主妇，
一个抽着烟斗、拿着一只死野兔的猎人，
一个怀抱酒坛、打着鼾的修道院院长，
一个抱着因哭叫满脸通红的婴儿的保姆，
一个一直在打嗝不停的醉醺醺的商人，
一个因上述这些原因而不满的贵夫人，
此外还有一个手拿小喇叭的男孩，
以及一只戴着笼头的大狗，
和一只关在笼子里的鹦鹉。

还有一位我因他才搭上车的人，
他几乎淹没在别人的行李包中，
但是他在，名叫尤留斯·斯沃瓦茨基。

看来他是个不大喜欢谈吐的人，

他在读一封从旧信封中取出的信，
这封信他一定读过好多遍了，
因为信纸的边缘都已被磨损。
纸页间还掉下一朵干枯的紫罗兰，
啊，我俩同时惊呼，在空中将它接住。

这也许是最好的时机告诉他
很久以来我所酝酿的思想，
对不起，先生，这事很急很重要。
我来自未来，我知道那里的情况。
你的诗永远会受到喜爱和赞叹，
而你将和国王们同葬于瓦维尔。

很遗憾，我想象的功力还不足于
让他听见我或者让他看到我，
他甚至都未感觉到我拉他的衣袖，
他镇定自若地将紫罗兰放进纸页间，
随后将信纸放进信封，再放入行李箱中。

他朝满是雨迹的窗户看了一会儿，
他站了起来，披上斗篷，朝门口走去，
最后，他在最近的车站下车。

我有好几秒钟都在看着他。
他带着箱子走去，身材瘦小，
笔直朝前走去，低垂着头，
就像知道自己是个
此地无人等候他的人。

如今此地只有群众演员，
一大家子人都在大雨伞下面，
拿着哨子的班长，跟在他后面的是气急的壮丁，
载满猪仔的马车，
以及两匹相互轮换的马。

艾拉
在天堂

她在向上帝祈祷，
非常热诚地祈祷，
让她变成为一个
幸福的白种姑娘。
若是这种改变已经太迟，
那么，上帝啊，你看我有多重，
请你把我的体重起码减去一半。
然而仁慈的上帝回答说：不。
只把他的一只手放在她心上，
看了看她的喉咙，摸摸她的头，
他做完这一切后，便说：
你的到来让我特别高兴，
我黑色的欣慰，爱唱歌的傻蛋。

维梅尔

只要阿姆斯特丹国家博物馆里的
那个画中女人安静而又专注，
把瓶罐里的牛奶
倒进盘子里，日日如此。
那么这个世界就不会有
世界末日。

形而上学

有过，但消失了。

有过，因而消失了。

一直处在不可逆转的顺序中。

因为这就是比赛失败的规则，

微不足道的结论，不值得书写。

如果不是这无可争辩的事实，

千秋万代不变的事实，

适用于整个宇宙，现在和未来。

的确存在着某种事物，

在它消失之前，

甚至连你

今天吃过的油渣在内。

WYSTARCZY

WISŁAWA SZYMBORSKA

2012

足够

我近来在观察的
一个人

他不是集体而来，
他不会众人集会。
他不去结伙访友，
他也不喧闹离开。

他从不突出自己在
合唱中的声音。
他不申请任何东西，
他不以自己名义去证明，
也不是在他在的时候
才提出问题——
谁支持，谁反对，
我感谢，我未看见。

那里的头挨着头，
却没有他的头，
那里脚跟脚、肩碰肩
向着目标前进，

口袋里装着传单
和啤酒花的产品。

那个地方只有开始
显得安静和可爱，
因此不久之后一批人
便和另一批人混搭在一起，
从此很难分清
这是谁的，啊，是谁的
石头和鲜花，
高呼声和手杖。

无须评说的，
实实在在的，
他在城市环卫处工作。
天刚蒙蒙亮，
就从活动的地方，
清扫，运走，扔进拖车。

用铁钩钩下半死不活的树枝，
把压住草地的杂物清除干净。

撕碎的横幅标语，
破碎的茶杯酒瓶，
烧坏了的洋娃娃，
被啃过的骨头，
念珠，哨子，避孕器。

在树丛中有一只关鸽子的笼子，
他把它拿走了，
于是他有了它，
为了让它空着。

阅读器的
自白

我的号码是三加四被七分开，
我以广博的语言知识而闻名，
我已经认识了上千种语言，
它们的发展历史，
以及先人们的使用状况。

所有用自己记号写下的文字，
虽然受到各种灾祸的损害，
我都能发掘和再创造，
使其恢复原来的形状。

这不是大言不惭，
我甚至能读懂布帛，
和浏览灰烬。

我能在屏幕上解释
每一件值得评论的事物，
它是何时制作完成的，

用什么做的和为什么做。

这完全出于个人的喜好，
我还研究一些信件，
我还改正信中的
书写错误。

我承认有些词句
给我造成困难。
例如所谓的"感情"状况，
我至今很难作出精确的解释。

相似的如"灵魂"，一个奇怪的词，
我现在只好把它划为模糊一类，
似乎要比身体结构更持久些。

然而给我最大困难的是"我是"一词，
表面看来是大众的行为，

普遍在使用，但又不是集体，
在现在的久远时期，
未完成式，
虽然，众所周知，它早已完成。

单是作为定义是否就够了？
链条上有响声和十字螺丝钉，
我的中心的扣子不是照亮而是变黑。

我也许要请求兄弟般的帮助，
二五零朋友被半个所拆散，
他的确是个众所周知的狂人，
但他有主意。

有些人

有些人很会安排生活，
自己和亲人都有条不紊，
采用一切方法和正确的回答。

他立即能想到谁是谁，谁和谁在一起，
目的何在，住在何处。

他们认定唯一的真理，
而把不必要的事实扔进粉碎机里。
不认识的人
则归入预先指定的档案卷中。

他们只想值得想的事情，
时间决不会超过一瞬间，
因为片刻之后便是怀疑。

当他们获得了休假，
便从指定的门

离开工作间。

我常常羡慕他们
幸好这已过去了。

锁 链

炎热的日子，狗窝和一条被锁住的狗，
下面几步远有一个盛满水的盘子，
可是铁链太短，狗够不着。
让我们给这情景再加一细节：
我们的锁链要长很多，
也不大能看见，
为此我们可以自由地
从旁边走过。

在机场

他们张开双臂朝对方奔去，
边笑边叫道：终于！终于！
他们两个都穿着又厚又重的冬装，
戴着厚帽子，
围巾，
手套，
皮靴，
但这只是我们的看法，
在他们看来却是赤身裸体。

强 制

我们是以吃别的生命而生存。
猪肉片和死者的白菜，
菜单就是讣告。

即使最优秀的人
也不得不吃下和消化掉被杀的东西，
以便他们那颗敏感的心
不会停止跳动。

即使是最抒情的诗人，
即使是最虔诚的苦修者，
也得吃喝东西，
为了自己成长。

我很难赞同那些好神仙，
也许他们是轻信的人，
也许他们是天真的人，
他们把有关世界的全部知识

都交给了大自然。
而疯了的她却把饥饿给了我们。
凡是饥饿的地方
也就是清白无辜的终结之地。

和饥饿立即出现的联想：
味道，嗅觉，触觉，视觉，
因为对于什么菜肴
和用什么碟子，
都不能漠不关心。

在所发生的事情中
听觉也应加入，
因为餐桌旁不乏愉快的交谈。

某时
某人

人人都会有某个亲人逝去，
是在这时候或不在这时候，
不得不选择这第二。

我们很难承认这微小的事实，
它卷入事件的进程中，
而且和程序相符。

或迟或早都在白日的、傍晚的、
深夜和清晨的日程安排中。

就像是索引中的条目，
就像条例中的章节，
或者像历书中
的黄道吉日。

然而，大自然的左右就是如此，
正好碰对了，它的标志和阿门，

统计和无所不能就是这样。

只是有时候，
它才有些微的愉快——
把我们死去的亲人
投入我们的梦中。

手 掌

二十七块骨头，
三十五块肌肉，
我们五个手指的指尖上
各有约两千个神经细胞。
足够让人
写出《我的奋斗》，
或《小熊维尼的小屋》。

镜　子

是的，我记得这堵墙，
在我们被毁坏的城里。
它几乎有七层楼高。
一面镜子悬挂于五楼，
一面让人不敢相信的镜子，
它完好无损，钉立牢固。

它不再能照出任何人的脸孔，
没有梳理头发的手，
没有面对房间的门，
也没有任何可以称之为
地方的东西。

好像是在度假中，
生动的天空环视周围，
浩瀚的空中飘浮着白云，
晶亮的雨水洗尽废墟上的尘土，
飞翔的鸟群、星星、日出。

就像每件制作精良的物品，

毫无欠缺地在履行职责，

也没有引起惊异的职业缺陷。

催 眠

我做梦在寻找一样东西，
也许它藏在或遗失在某个地方，
在床下面，在楼梯下面，
在旧地址下面。

我翻遍了抽屉，盒子和柜子，
里面都是我不想要的东西。

我从箱子里抽出的
是逝去的岁月和旅游。

我从口袋里掏出了
枯黄的信件和不属于我的树叶。

我气喘吁吁地跑过了
我自己的，不是我的
房间，非房间。

我陷入了雪的隧道
和忘却中。

我陷入了带刺的灌木
和猜测之中。

我拥抱空气
和幼嫩的青草。

我努力追赶
在上世纪的黄昏降落之前，
门把手和寂静。

到最后我都不知道
这样久找的是什么。

我醒来了。
我看了看手表，

这场梦还不到两分半钟。

这强制的时间都干了什么玩意儿，
从此开始进入了
催眠的头脑中。

相 互

这是有目录的目录。

有诗评论的诗。

有演员演演员的剧本。

有因书信而写的书信。

有用以解释词句的词句。

有用以研究头脑的头脑。

有很像大笑的可怕悲痛。

这纸张来自纸库。

凝视的眼神。

因事故而改变的事故。

大河是由小河严肃参与而成。

森林是由各边界的森林组成。

这是专门制造机器的机器。

这是突然把我们从梦中惊醒的梦。

这是恢复健康所必需的健康。

这楼梯的上下都是一样。

这是在寻找眼镜的眼镜。

呼气和吸气的呼气。

就让它有的时候
仇恨对仇恨。
因为到最后的最后，
无知对无知
和正在洗手的手。

致自己的
诗

最好的情况，
我的诗，会被认真阅读，
被评论，被记住。

差一点的情况，
仅仅是读过了。

第三种可能，
诗是写出来了，
但随即被扔进了垃圾箱。

你还有第四种可用的出路，
还没有写就消失了，
深感满意地叨咕了一番。

地 图

像桌子一样平整，
任何东西放在它上面
都不会移动，
也不给自己找出口。
在它上面，我的呼吸
不会创造空气的旋涡，
而把它的整个表面
置于平静之中。

它的平原，谷地常年翠绿，
高原，山岭黄色和黄铜色。
大海，海洋是和煦的蔚蓝，
伫立在坑洼不整的堤岸边。

这里的一切很小，又亲又近
我能用指尖去压住火山，
不用厚手套可去触摸极地，
我只需一眼就能

环视整个沙漠，
以及它旁边现存的一条河。

荒原上生长着几棵小树，
就是涉足其间也不会迷路。

在东方和西方，
在赤道的南北，
像种罂粟时一样安静。
人们靠每一粒黑米
来维持生活。
大量的坟墓和突发的废墟，
都不在这张图画上。

国家的界线刚能看见，
似乎还在晃动——是或者不是。

我喜欢地图，因为它说谎。

因为它不允许恶意的真实，
因为它宽宏大量，它以正当的幽默
在桌子上向我展开了世界，
但不是这个世界。

CZARNA PIOSENKA

PIOSENKA

WISŁAWA SZYMBORSKA

2014

黑色
歌曲

这是 2014 年出版的希姆博尔斯卡的最后一部诗集，按这些诗的写作年代来说，它应该是女诗人的第一部诗集，因为里面收集的是她在 1945 年到 1948 年创作的 26 首诗歌，其中的大部分曾发表在当时的报刊上，但生前未曾结集出版。

涉及更多的
东西

涉及更多的东西，
超过界限的范围，
旗帜在哗啦响，
——这是士兵的坚强的胜利。

涉及更多的东西，
超过复仇的颂歌，
命运的意义，
——这是比嘲讽更快捷的复仇。

涉及更多的东西，
胜过有关它的——节日。

涉及更多的东西，
——有关它的：平常日子。

……有关红色烟囱的烟雾，
毫不畏惧打开的一本书，

我们为一小块
纯洁的天空而斗争。

儿童的
十字军东征

在我们的最热情的城市里，
脸上都是凝成的血块，
儿童们的尸体。

第一次战争游戏——不是假象，
第一次真正的搏斗。
有人在指示，试验，现在已是玩笑。
射击——这很简单。不要偏离。
第一次经历。真正的，成人的。
抓紧装汽油的瓶子，要小心坚定。
昨天是三辆坦克——今天会有第四辆。
急不可耐的双手超越过命令。

经过正在变成废墟的城市，
在如今已无人能阻止的火光中，
武装的是握紧的拳头，呐喊声消失了。
在稠密的，炽热的炮弹下面匍匐行进，
这是街头小子的十字军东征。

我们的眼睛因新颖的记忆而疲劳，
但双手知道，相信。
我们的双手要承受起世界的重任，
没有战争，魔鬼的世界定能复兴。
不需要为逝去的年代付出代价，
他们相信新的秩序和节奏。

也许正因为如此
我们才受到日夜的折磨，
最悲伤的是：为什么，
沉默的是：为了什么
——战亡儿童的尸体。

我寻找
词汇

我想用一个词来确定他们：
什么人？
我采用方言词汇，从字典中窃取。
我衡量，斟酌和研究——
却没有一个
合适。

每个最勇敢的——胆小怕事。
每个最龌龊的——圣洁无瑕。
每个最残酷的——过于心慈。
最最仇恨的——却并不暴怒。

这词句应该像火山
沸腾，冲击和爆发，
像上帝的可怕的愤怒，
像愤愤难平的仇恨。

我想让每个词

都充满着鲜血。
要它像座刑场
能安置每一座集体的坟墓。

能描述精确，表达清晰
他们是谁——这一切发生的经过。
这只是我的所见，
这只是记述而已——
但是这太少了。
太少了。

我们的语言苍白无力，
它突起的声响——太贫乏了。
我在竭力寻找思想，
寻找这个词汇——
但我无法找到。
无法找到。

（写于 1945 年）

和 平

先于公报发出的是心灵欢乐的警报，
这消息传得比光还迅捷，
比消息更快的是信心。

在呐喊、歌唱和演说中，
除了一个——终于——
获得了词汇。
城市至今还是茫茫黑夜，
号角响彻天空——
直达星星之路。
从窗口撕下的丧布
将受到路人的践踏，
他们的脚步形成一行行。
其余的人跑到了屋外，
以便在最短的时间，
向自己所有认识和不认识的人
像事物那样把真理宣告——

人们给人世间带来的
是和平——而不是利剑。

× × ×

我们能把世界分割成小块：
——它那样微小，双手就能把它抱紧，
那样轻易，可以面带微笑把它描写，
那样平凡，就像祈祷中古老真理的回声。

历史没有用胜利的号角把它欢迎：
——却把肮脏的尘土撒进它的眼中。
我们前面的道路既遥远又模糊不清，
下了毒的水井，苦涩的面包。

我们的战利品就是世界知识：
——它如此伟大，双手就能把它抓住，
如此艰难，可以面带微笑把它描写，
如此奇怪，就像祈祷中古老真理的回声。

（写于 1945 年）

音乐迷杨科

——悼念牺牲者

一

阴沉地望着表面布满泪点的玻璃，
这雨下得不合时宜，打乱了你的计划。
你用手指敲打着窗框，
你眼中所见的是荒凉的旷野。

我看见被大量雨水淋湿的玻璃，
其中每一滴都比沉默的思想要重——
受潮湿而膨胀，晃动地吊挂着，
随后便会流成一线地掉落地下。

我转过头来
可笑地叫喊着，朝着你沉思的眼睛，
朝着你那惊恐不安的嘴唇——
我知道，你会来的。

二

白天悄悄地凝结了，
夜晚会很寒冷。
风吹拂我们的额头。
声音消失，声音高涨——
困难的是呼喊。
我一口气问：
你回来吗？……明天？……

蜡烛用流下的蜡泪
书写了告别的时间。
你那直达天花板的高大身影，
抬起手的姿势
和——致敬：
我回来，明天。

三

一片胆怯的幼嫩的绿叶子，
我想把它摘下、把它踩踏和撕碎。
为了它的无耻，竟敢以太阳而生长，
竟不知道等待是怎么一回事。

我的手上有仇恨的力量。
我的喉管里蓄满了愤怒。
为了它那短促的生命，
为了它那毫无顾虑的消失。

我把叶子堆成了一大堆。
我从它的四个角把火点着，
我想用烟雾搅乱陌生的天空，
也许我的试验完全正当有理。

我会向世上的所有神明

为你的回来而祈祷。

四

任何地方的一座坟墓上，
一丛没有砍去的花朵。
不能随意践踏土地。
罪过。

我只是在寻找悲伤，
从早已熟知的世界：
——哪里？

五

在杂草丛生的错乱的小径上，
我敞开心扉呼吸阴影中的树林芬芳。
在美妙的荒凉中重又受到劳累，

害怕面对以往的回忆。

越来越接近林中空地。
有人在长长的银线上弹起乐曲，
和从小提琴拉出的歌曲。
熟悉的和不熟悉的都在发声。

多少个月来的第一次太阳，
明亮的温暖在手上融化，
回声在空中寻找新的界限，
——林中的脚步。

所有人中只有一人，为了大家
回来——从那边——比死神更富有。
音乐迷杨科来到这里
倾听脚步声和歌声。

来自传记中的
日志

一

我从雨珠溅射中解脱出来，
静悄悄地来到屋顶上，
并把曙光带到玻璃上。
当你们站在窗户前：
地面变成了水洼。
啊，秋天。

我努力穿越石门的肩膀，
触及自己"过去的伤口"。
马路上的第一辆小车。
好像要端上茶来，
但是要热的、要快点，
我就像一次性面包——
平常的。

你们想让我抛出歌声，

风把它吹向弯曲处。
工厂的哨声——交响乐队
节奏——脚步声。
寒冷把领子竖起，
皮鞋被弄湿了。
那也没办法，泥泞。

从此我站在墙上，
像不可或缺的广告。
并不平衡——标题标题——
形形色色的工资。
我给自己以歌曲、
我给歌曲以重唱。

市场上的集会，
时髦的舞会，
今天是内脏。

二

当他走过，站住——这可以肯定——
我知道。
这个侧影我知道，
肩膀下垂我了解，
我能在记忆中像磁带一样把它重现
在冰冷的映照出的
玻璃上。

时间——任何的——专注于运动和喧闹。
停止了掉落，城市在干涸。
我在哪里看见了你，
我知道你的眼神，
里面有种含糊不清的暗语——
逍遥闲逛的时间。

你走在每条街上，你站在各处广场上，

你把湿烟吸入肺中，
棕色的烟——棕色的斗篷。
当你转到任何一条街道，
当你来到任何地方
我抓住纽扣，
我把问题喷向脸孔，
脖子脏的公民，站住！
听着，告诉我……

——没有——

在那些乞讨儿童殴斗的地方
有一伙
正在成长的人群。

三

不是来自讲台和讲经台，
也没有承诺和威胁
我说——
仿佛一刹那我就站住了，
好像是根光柱在升长。

在交叉的街道口上，
我像标志那样卸下羁绊。
这不是来自词句，
是高尚意志的行为。

表示欢迎——词句僵住了
用面包和盐：
祝福的骄傲——双手，
祝福的贪婪——额头。

受到恐惧和希望的包围，

在太阳的飞翔颤动中

我点燃了考验。

我期待历史，我等着你们。

快把我召唤去——我想要的——

失败或是光荣。

四　从电影院出来

白色幕布上闪耀着梦影，
像月亮的外壳，闪光两小时，
在思念的乐曲中充满爱情，
他终于从流浪中有幸回来。

童话之后的世界是雾、是蓝，
没有受过培训的脸孔和角色。
士兵唱起游击队的悲歌，
姑娘也奏起她忧伤的乐曲。

现实世界啊，我要回到你们中间，
那里拥挤，黑暗而大多命运多舛——
一个独臂男孩站在大门前，
还有一个空洞眼神的姑娘。

五

黄昏时急速移动的阴影，
斜穿过庭院消失了，
直至又一次：
墙上的卫兵，
警觉的灰猫，全都消失了。

一片寂静。这时候黑夜已明显
笼罩在一样的房屋之间：
两次错误，短暂的犹豫——
用一个手指去敲响小门。

明亮的窗户，交叉的四方形
从山上掉落，石头发光，
有人卷入了年年的不安中，
他想，他说：
黄昏来得越来越早了。

别的天空更接近太阳，

云后面并不是无星的夜晚。

我想——当我昨天到来——去观察，

我想——当我明天到来——去识别。

（写于 1945 年）

铭记
九月

母亲过时了的特权：
——在神庙中寻找儿子。
为什么，当心已停止跳动，
手表在胸前嗒嗒作响——
像叶子触动了脸孔，
是爆炸掀动的树叶？

波兰秋天的平原，
波兰秋天的山峦——
是谁堵塞了道路？
还来得及用什么绷带？
边界——你们的力量
足够你们握紧拳头。

给我们以支撑点，
我们就能推动世界——
波兰九月的森林，
波兰九月的江河！

这是宁静的天空，
鲜血流成了溪河。

铭记
一月

怎么，我们用木板去打杀世界，
这是对冬天和风的建议。
这是在因爆炸而吸气的窗户里，
只有玻璃上的火光得到了加强。

在不由自主的大火中扩大了损失，
烟囱中喷发出尘埃。
短时间是：火柴和木头，
永远的是：火光冲天。

将是一个不眨眼的夜晚，
我们在倾听的等待中凝结。
从大街驶过的辎车的沉重中
玻璃响起了自由的声音。

这些遥远的词句我们已经说过。
出现在我们眼里的是新的城市
——想象的旗帜在人群上空飘扬。

瓦碟场，抽搐的废铜烂铁。

雪地里是脚印和车轮的痕迹。
这是对昨天抽泣的回答。
心的解冻（祖国啊祖国）。
长在石上的拳头软弱无力。

墙上的血——温热着手——敲打着，
俯首在它的荣誉之上——关心。
我们悄悄地抬起世界和头额，
——此时此刻要实现什么样的生活。

无名战士
之吻

受到子弹的击伤，
人间的一切让我陌生，
除了我所缺少的时间，
而时间有如暖风吹过，
我离开，斗争的欢乐
在我之外。为欢乐而斗争。
倒塌大门的愿望，
在你们面前。警惕啊，伙伴们。

一条大路——白发的悲伤——
满是垂柳。
母亲还能寄出两封信，
三封，将要写第四封信，
在距离降低之前，
有如飞不动的风筝——
大的世界，世界如此之大
我把它安置于小伤口中。

不好的碑文，诗人们，
为英雄之死而哭泣，
他会像你们的诗
而把别人的死变得阴暗。

他不想当英雄，
啊，冷漠的姑娘们，
昨天有一只手给你们送去
一个信任的玩笑：吻。

寄往西方
的信

你是我的关心，内情不明，
你是我的悲伤，已经陌生。
既然你在观察地等待，
而且又觉得听够了意见——
到了谈论你回来的时候了。

我们捣蛋鬼的胳膊上打了补丁，
他坐立不安心中充满恐惧，
他摆动着在建筑材料堆上的一只脚，
在鼻子上对你做着鬼脸。
代之而说的：最初是火灾，
代之而说的：最初是瓦砾。

请原谅这地方太远了，
要像拔树根那样拔去对它的记忆。
为此决不能浪费自己的时间，
这是贝壳想念大海而发出的声响。

父亲在把烟草装上烟斗，

火在老人的手中颤抖，

今天机器运转得很是劳累，

当它还像愤怒的陀螺在运转。

我们这里的生活就是这样充实，

我们这里的世界就是这样完美。

（写于 1946 年）

诗歌题词

一

白天的色彩来自天空和叶子，
因此在装粉笔的筒里没有它。
乘果园还没有移动到阴影中，
我必须把眼睛换成话语。

懒于见太阳的诗人们的其他智慧
胜过苍蝇在根茎上的爬行，
它不知道自己真正的拉丁文的名字
和屈从于由光而成的翅膀。

你们比诗句更差劲。

你飞离时忘记了自己。

二

思想有如空屋里的风。
城市的瞬间，墙上的太阳。
一扇窗子开启了自己的黑暗，
毫无激情，在墙壁的陷阱中。

有谁需要死亡的知识
因它而使桌上的茶凉了。
毫无气氛，模糊不清的词句。

世界的瞬间，寂静不等待。
说话声有如撒进窗户的沙子。
毫无抒情性，就像石头和梦。

三

娱乐的庭院正在疏散，
我像在看陌生的事情。
儿童围成的一个圆圈——
赤道拥抱着地球。

这是自身考验的时刻。

我想看到美好的明天，
在你的眼里广阔展开，
双手投入了火中，
就像你。

庭院昏暗下来了，
小组等待着早晨。
禁止玩火，
我更不能再看到你。

生活的
路线

货车在嘎吱响，
煤炭。
是在早上，
车后留下一线尘土。

你必须打起精神，老女人，
弯腰在黑色的碎屑上。

我在找手上要拿的东西：
广袤的世界，未来的日子，快乐。

生活之路就在我的掌中——
也许背脊会因鞠躬而弯曲。
我的过错，监视着货车。
女巫。
蓝色的
在严寒中。

（写于 1946 年）

万灵节

我不会来到这里承受悲痛，
为此
抛弃了叶子上的潮湿脏迹。
这让它变得更漂亮更轻俏。

我不是为了暴动来到这里，
仅仅是
要把火的燃料烧热，
使其不受风吹而颤动。

空间不再孤独：
由杉树和紫菀所装饰，
被丑陋的坟墓包围。

这时候出现了更多。
我们上面是寂静，不是恐惧，
这是试验的寂静。

我不在这里等诗歌，

不过

是为了找到、抓住、抱住。

生存。

山 峰

云彩和岩石，
预感和触摸。

这里心灵更容易悲伤，
给光明以优先的地位。

石头遇到了深渊，
有如每个不注意的孤独。

溪河像岩石一样迅捷，
天空像森林一样沙沙响。

更加低下的是星期三，
字母表和面包。

旅 行

一 波尔拉街

诗歌的语言和白天的光亮
所信赖的小伙子，
早已在凌晨的开始
便偎靠在车站上。
他还来不及迈出
第一批平常的脚步。
这个寻找真理的小伙子
都还没有与人结成联盟。

他在想
这和昨天的黎明相似——
这和明天的黎明相似——

无论如何这是波尔拉街——
它紧紧地和城市相连。
会在黄昏时按时消隐

并会第一个从梦中起来。
正在等有轨电车的小伙子
自己会暗示对它的反抗。

他说：
——狭窄的街道——
——黎明时狭窄的街道——
但正是活人来此的理由。
转弯处的黑暗包围着他们。
这期间大家都成了熟人，
相互试着用语言交谈。
并按照年龄来躬身致敬，
根据贡献来评价天气。
从倾斜的岸上
望着隆隆作响的铁轨。

黎明时的狭窄街道，
如果给你送去鲜花

就会提高

这一天的幸福。

二 立纪念碑的地方

微胖的乳臭未干者

宣称纯洁的农民，

脸上毫无睡意的老妇人，

与少女头发一样的烟丝，

有戳记戒指在闪光的年轻人。

美元在赞美美元。

它们的响声迷住了小伙子，

连眼珠子都满是笑意。

他在想：

——诗人的纪念碑

可在疏忽之时竖立于此。

当他预言

——会比青铜更久远。
我会和它们一起践踏石头——

这是生活，乐曲和国度，
恰好是战士的手风琴声！
常常把歌声打断，
向顶棚表示感谢的手。
愿白天色彩斑斓——
纸币上有彩色图画。
小伙子绕过
清除掉自己的脚迹。

他威胁：
——这里竖起纪念碑，
为粗心大意的人所不知晓。

他预测：
——战士纪念碑，

把口琴放在嘴边。
石头的——激起了音乐，
而这个——是不会出卖的。

三 缝制旗子

女人们在布帛上的动作
超越于急于到来的节日。
一个无关紧要的小伙子
站在门边，深感惊奇，
仿佛从梦中刚刚醒来。
今天都是剪刀的嘎吱声，
和躬身在缝制的节奏中。
明天就会在风中嗖嗖响。

小伙子非常明确地
向红一白的缝纫厂致敬
向一丝不苟的双手致敬。

当红布和白布相连在一起，
他就在想：
——这都是出自惊叹，
应该付诸词句，
因此每首诗
应取名惊叹——

他脸色阴沉，
——我的言论
一直充满激情。这太少了。

四　尺度

地点和白天的过路人
——处于分割尺度的地点和白天——
小伙子一再不停地重复
家庭记忆、爆发和天空。
三面墙倒塌成荒地，

宽度、高度、长度。
第四面墙裸露着，
如同时间。度和量。

在窗框之上
用铅笔划下了重痕，
像是一只手在量孩子身高
所显示的骄傲！
向上看，上面没有痕迹。
代替它们是更准确的记号：
从年轻时的瘦削
直到成熟时的高大
在生命部分的子弹缝隙。

小伙子的嘴
没有经受花的考验，
小伙子的心
只有一次爱情太久了——

于是他想

要把这持久的严肃

称之为青春——太狭窄了。

微笑的
主题

一只鸟从阳光灿烂的白天
掉落到漆黑角落依然振翼不停——
它被抓住了，心在给它壮胆：
"这不过是，朋友，一次经历！"

而当它——得到自由——便回来了，
它的飞翔进入了广大的空间。
书本的眼睛和时间的眼睛
都从奇怪的角落里望着它。

迫害者和
被迫害者

时间是由石头堆积而成，
其所经历的生活——单调呆板。
大地用外来词来称呼，
天空用外国呼吸来支撑。
街上的窗口——岩石的眼睛，
白天黑夜都不能看见。
街道——红色的山谷——
被坚定的脚步声所震动。
而那些插入狭窄队列的人
来往行走——他们的白眼球，
很早就在远方死去。
他们在打量——他们的白眼球
已死，为了更敏捷地打量。
他们没有预见到这里的法则，
活人躯体上的鲜活眼球。

他背负着沉重的垃圾，
脸孔低垂在衣领上的兄弟。

他迅速地接受了黑暗的大门，
弯曲阶梯上的美妙寂静。
他住在那里，注视着内部的一角，
扶手的一段，墙壁的气息。

有时会出现玻璃碎片，
借此可以计算枪弹的储备。
曾经有过，躲开了一束光线，
有如躲开了战线，自己的心。
衡量每一块空洞的矿渣，
尚未熄灭的星火在燃烧我。
时间是由石头堆积而成，
而城市则处在大火之中。

（写于 1947 年）

悲伤回归

我并不认识这座森林，
也不在天空中寻找记号。
天空和森林是炮火的结合处，
被推倒而死去。

无主的土地：你的和我的。
你经过的云彩。
我不知道的最终的思想。
没有听见礼炮齐鸣。

比尘土更渺小的瞬间，
感觉不到（罪过和惩罚）
我比你活得长，你不应原谅——
如同梦中的孩子。如同昆虫。

双重的生命：生命和你，
双重的死亡：死亡和我。

双重的空无：你——你的儿子
我从未生过儿子。

运送犹太人

外面是整个世界：
远处森林密布，
山峦被泉水滋润，
而死神则充满空中。
但是他们（却被关在铁轨的飞驰中）
脸孔在拥挤的黑暗中大变。
喊叫声在不响的铅里沉默了。
大地深沉的证明。

照例是第一夜的火车
停留很久——并不等候所有人。

你把生命的曙光教给我，
从书本、昆虫和树叶。
今天父亲把仇恨的鲜血
凝结在你的拳头上——

照例是第二夜的火车

停留很久——并不等待所有人。
——我们何需看不见的哭泣。
妻子啊，永远是妻子的
眼泪是呼吸的盗贼，
躯体要比死亡更沉重。

照例是第三夜的火车
停留很久——并不等待所有人。

——小儿子，你用木屑
来喂你的嘴，
以便度过一次呼吸。
我的一双空手……

第四夜来了一个人
他唤起车厢的反抗，
他的胸膛被撕裂，
他的心决不宽恕任何人。

战争中的
孩子们

从言词转移到眼神，
从眼神激起的言词。
广泛地呼喷出呼吸，
改变着数目的努力。

人群高涨时人声鼎沸，
他的脊柱骨膨胀裂开。
朝讲台的基座弯曲，
长发盖住了脑袋。

演说家的话语还悬在空中，
他看见了孩子。恐慌的时代
他带着满头的白发，
如同一动不动的空气。

当喊叫声高涨之前
他用手掌扶着平滑的墙壁——
他知道他会沾上鲜血，

他接受这战争的最后残余。

他像个受到打击的搬运夫离开了。
他向人们说话的声音降低了。
他说——你们快去帮助抬起
那些会让我忘却的东西。

（写于 1947 年）

诙谐的
情诗

我脖子上戴有一串珍珠，
天天都是欢乐的日子，
受到种种事情的意外
碰撞而坚持下来。

除了节拍我一无所知，
一首如此优美轻柔的歌曲——
若是你有幸听到它，
你就会一起哼唱。

我不是存在于我本身。
我只有某种元素的功能。
也许是空气中的一个标志，
也许是水中的一圈水波。

每当你睁开双眼——
我只拿走我的东西。

186

我会如实地给你留下
你的土地，你的火。

（写于 1947 年）

马蹄铁

在我观看你的同时
你珍惜手中拾到的幸福，
你衷心为马蹄铁而微笑，
你看见自己家的入口处。

如你还记得，就把马蹄铁拿去
如同蜘蛛在晚上吐丝结网——

（这是来自日历里的叶子，
是白天从树上掉下来的。
这是光亮在不停摇晃，
这是我们头顶上的一对翅膀。
可以这样向自己解释
脚掌下的每一次嘎吱响，
我们在雾里的调皮的影子。

但这还不是"秋天"，
"晚上的城市"和"雨"。

窗户在雨天敞开着，
栅栏拿去做了劈柴。
麦粥在火上慢慢熬着。
穿破衣的洋娃娃在发抖，
失去了它的玻璃眼睛。）

如果你记得，就把马蹄铁拿走
它比丁香花有更多的花瓣——

与我沉思的同时
你听见石上的锈迹在响。
但愿商贩明天出的价钱
要比旧铁的更高。

黑色的
歌曲

萨克斯管在继续，萨克斯管是嘲讽者，
它有它的一套演奏体系，无需歌词。
对未来，谁能猜测出。对过去，谁都能肯定。
思想半闭着，演奏出一首黑色的歌曲。

面对面地跳着舞，跳着跳着，
突然有人倒下，一头靠在拼花板上，
舞者们合着节拍，从他身旁闪过。
他看不清他们的膝盖，眼睑苍白，
他也看不清喧闹的人群和多姿多彩的夜晚。

我们不用悲伤。他还活着。也许他喝多了。
双鬓上是血还是胭脂？什么也没有发生。
躺着的是个普通人。自己倒下自己站起，
他可算是经历了一场痛苦。
大家还在这甜美的拥挤人群中跳着。
空调机给他们除去热气带来凉爽，

萨克斯管对着粉红色的灯笼
像犬吠那样一直不停地吹奏。

今日的
歌谣

有位诗人此时
正饿得饥肠辘辘，
风把树干吹弯，
花朵从枝上掉下，
太阳还是这样活跃，
就像儿童的头一回快乐，
想把轻柔的云彩
锁定在火光四射的火轮中。

在街道的交口中，
在歌曲的交汇中，
离别依依不舍的爱人
在相会问候时很羞怯，
正弯着嘴唇等着亲吻，
一束娇嫩的绿色植物。
诗人看到她是这副模样，
今天他因此而爱上了她。

诗人不是灵巧的
爱情宣传员。
他对她说——他不善于区分
自己的和别人的时间。
跟我走吧。如果你跟我走,
我也不会因此而幸福。
没有一种日历会告诉我,
这一天就是我的星期天。

当你把嘴抬高到
诗的高度。
而我,自由人,
会以世界的空气
作为强有力的武器。
我会把我的言语提高到
心灵的百倍高度,
提高到为自由斗争的人民、
为保卫和平的人民的高度。

他的头淹没在树叶中，
鲜花在他手上开放。
轻轻地重复它的名字，
像是要永远把它记住。
他从坑洼不平的街道
离开那些幸福而轻信的人，
他从坑洼不平的街道
离开那些开心相爱的人。

望着太阳——姑娘
眼里噙满了泪水。
望着云彩——她认出了
难以认识的离别话语。
但不是这个。不是她。
就像正在学飞的小鸟，
抬起脸孔和双手，
在他身后奔跑，追赶着。

（写于 1948 年）

学校的
星期天

他劝说我走进房子，
这房子没有人居住。
四壁之内一片寂静，
告诉我这是孤独的星期天。
树叶从窗口望着他，
徒劳地向他眨巴着玻璃：
春天最强烈的炎热
一直达到天花板上。
在空虚无聊的椅子上
死板的生活在咯哒响。
随手而剪的剪纸，
并脚跳起了古典舞。
地球仪懒散地躺在橱柜里，
明日时钟的主体，
惊恐的小鸟之心
被小沙粒占满。
黄色的陆地和蓝色的大海，
圆形的形状互相紧贴在一起，

鸟以一种永远在飞的翅膀
碰触着它们。

啊，孩子们，你们很容易
相信地球是圆的。
你们会在鸟的眼里看到
没有悲伤——就像在活人的眼里！
我们要困难一些。我们知道，
是人射伤了飞翔中的小鸟，
使它落在了平坦的大地上。

平得像托盘，上面
有许多好处，丰富的水果，
满意的矿藏和内脏，
必要的战争预兆。
重压低弯的肩背，
耐心地摇晃，耐心地，
耐心地摇晃，耐心地，

不是这个世界的隐喻，
暴食宴会的服务。
竭尽整个身体的努力，
鼓起顺从的全部努力
而在色彩斑斓的脸上，
掩饰着对压迫的诅咒。
直至最后一根引线
产生的共同爆发。
只要还未成为法律，
一种超越限度的法律。
正好屹立在岩石上，
从肩膀上扔下的泥土，
处于超越仇恨的沉思中
转向到世界的五个方面。
那将是第五个祖国，
而他们中的每个人的祖国。
就是来源于此。

我跨过了门槛。明天
他们将奔驰在田间小路上，
苍白的舞者，
一早就开始了自己的表演。
地球仪围绕着孩子们注视
的轴心旋转。
通过平静的海洋，
窗户的外幕在移动。
在鸟的死板的眼珠里
是破碎的亮光——彩虹。
我走过出口处的花丛，
影子在我后面低垂着，
成了坚定不移的安静的伙伴。
而思想依附于大地，
时间展开了史诗中的过去。
但这种史诗还未出现。

WISŁAWA SZYMBORSKA

（1923年7月2日—2012年2月1日）

维斯瓦娃·希姆博尔斯卡

波兰作家，诗人，翻译家

当代最迷人的诗人之一，享有"诗界莫扎特"的美誉。于 1996 年获得诺贝尔文学奖，是文学史上第三位获得该奖的女诗人。

她常以简单的语言传递深刻的思想，以精微的隐喻开启广阔的想象空间。

她的作品意象丰富、素材鲜活，于幽默中暗藏讥讽，以精确的讽喻揭示了历史及人类与自然、宇宙的关系。

图书在版编目（CIP）数据

我是个此地无人等候的人 /（波）希姆博尔斯卡著；
林洪亮译. － 上海：东方出版中心, 2020.11
ISBN 978-7-5473-1728-0

Ⅰ. ①我… Ⅱ. ①希… ②林… Ⅲ. ①诗集－波兰－
现代 Ⅳ. ①I513.25

中国版本图书馆CIP数据核字（2020）第215302号

All works by Wisława Szymborska © The Wisława Szymborska Foundation,
www.szymborska.org.pl

著作权合同登记图字： 0920181123号

我是个此地无人等候的人

著　　者　〔波〕维斯瓦娃·希姆博尔斯卡
译　　者　林洪亮
统筹策划　郑纳新　张馨予
责任编辑　张馨予
装帧设计　付诗意

出版发行　东方出版中心
地　　址　上海市仙霞路345号
邮政编码　200336
电　　话　021-62417400
印　刷　者　上海盛通时代印刷有限公司

开　　本　787mm×1092mm　1/32
印　　张　6.75
字　　数　236千字
版　　次　2021年1月第1版
印　　次　2021年1月第1次印刷
定　　价　46.00元